NOW WE ARE SIX BY A. A. MILNE WITH DECORATIONS BY ERNEST H. SHEPARD

METHUEN & CO. LTD. 36 ESSEX STREET
LONDON W.C.

First Published in 1927

PRINTED IN GREAT BRITAIN

우린 이제 여섯 살이야

NOW WE ARE SIX

앨런 알렉산더 밀른 지음

어니스트 H. 셰퍼드 그림 | 박혜원 옮김

더스토리

앤 달링턴에게

이제 일곱 살이 된 데다

매우

특별한

소녀이기에

서문

평소에 절대 하지 않는 일이긴 한데, 시를 암송하려고 할 때면 가끔 그런 일이 생긴다. 암송을 막 시작하려고 하는데, 삼촌이 로즈 숙모에게 난 안경이 없으면 잘 들리지 않는데 내 안경이 어디 있는지 아느냐고 묻고 있다. 사람들이 비로소 그 두 사람에게서 시선을 돌릴 때면, 시 암송은 이미 마지막 연에 다다라 있는 것이다. 다들 곧장 "잘 들었어. 고마워"라고 말할 테지만 자신들이 무엇을 들었는지도 모를 테다. 그러니 다음번에는 좀 더 신경을 써서, 암송을 시작하기 직전에 아주 크게 "에헴!" 하고 외치자. 그건 "자, 그럼, 시작합니다"라는 뜻이니까, 모두가 잡담을 멈추고 당신을 쳐다볼 것이다. 바로 그게 필요하다. 그렇게 시 암송을 요청받을 때마다 주의를 집중시키면…… 잘될 때도 있고 안 될 때도 있고…… 머지않아 자동적으로 외치고 있을 것이다. 자, 지금 쓰고 있는 이 서문도 실은 이 책의 '에헴'이다. 책을 시작하기 전에 '에헴'을 쓰는 이유는, 한편으로는 독자들을 깜짝 놀라게 하지 않고 싶어서이고, 또 한편으로는 이제 나는 저절로 '에헴'을 외치게 되어 버렸기 때문이다. 다른 똑똑한 작가들은 '에헴'을 쓰지 않는 건 식은 죽 먹기라고 하지만, 나는 생각이 다르다. 내 생각에는 책에서 '에헴'을 뺀 나머지 부분을 쓰지 않는 게 훨씬 더 쉽다.

서문에서 내가 설명하고 싶은 것은 이거다. 이 책을 쓴 지 벌써 3년이 되었다. 우리가 아주 어렸을 때(when we were very young) 시작해서…… 우린 이제 여섯 살이다(now we are six). 그래서 물론 이 책의 어떤 부분은 조금 유치해 보일 것이다. 마치 실수로 다른 책 내용이 끼어들어간 것처럼 보일 수도 있다. 어떤 페이지든 그야말로 세 살다운 것들이 담겨서, 우리도 이제 와서 이 책을 읽어 보고는 금세 "이런, 참 내" 하며 책을 홱 뒤집어 버렸다. 우리가 하고 싶은 말은, 이 책의 제목이 우리가 계속 여섯 살이라는 뜻이 아니다. 바로, 우리가 현재 그 정도까지 와 있고, 거기서 멈춰 설까 하는 생각도 반쯤 하고 있다는 뜻이다.

A. A. M.

추신.

푸가 다른 책인 줄 알았다고 말해 달라고 한다. 그러면서, 자신이 어느 날 친구 피글렛을 찾아 돌아다니다가 실수로 몇몇 페이지에 앉았는데, 독자들이 개의치 않아 주기를 바란다고도 했다.

Contents

고독

사람들이 너무 많을 때면
나의 집으로 가요.
아무도 못 들어가는
나의 집으로 가요.
나의 집에서는
아무도 "안 돼"라고 말하지 않아요.
아무도 아무 말도 하지 않죠. 왜냐하면
그 집에는 나밖에 없으니까요.

존 왕의 크리스마스

존 왕은 착한 사람이 아니었어.
  조금 제멋대로 굴었거든.
그래서 때로는 아무도 말을 걸지 않았어.
  몇 날이고, 몇 날이고, 몇 날이고.
또 거리를 걷다가 우연히
  존 왕과 마주치면
못마땅한 눈길로 쏘아보거나
못 본 척하며 지나쳤어.
그러면 못된 존 왕은 말없이 제자리에 서서
  왕관 밑으로 얼굴을 붉혔지.

존 왕은 착한 사람이 아니어서
좋은 친구가 한 명도 없었어.
날마다 오후에는 집에 있었지만……
아무도 차를 마시러 오지 않았어.
어느덧 12월이 되자, 책장에
즐거운 크리스마스와
새해의 복을 기원하는 카드들이 놓였어.
하지만 가깝고 친한 이들이 아니라
그 자신이 보낸 것들뿐이었지.

존 왕은 착한 사람이 아니었지만
소원도 많았고 걱정도 많았어.
사람들은 이제 그에게 선물을 주지 않았어.
몇 년이고, 몇 년이고, 몇 년이고.

하지만 해마다 크리스마스에
  음유 시인들이 우두커니 서서
젊은이들의 헌사를 거둬들여
자신들이 부를 노래를 만들고 있으면
존 왕은 몰래 위층으로 올라가서
  희망차게 크리스마스 양말을 내걸었어.

존 왕은 착한 사람이 아니었어.
  남들에게 무심하게 살아왔거든.
그는 홀로 지붕에 올라가서
  무슨 말을 쓸까 궁리하더니
종이에 적어서
  굴뚝 꼭대기에 붙였지.
"온 천하의 모든 백성에게,
특히 산타클로스*께."
그러고는 "요하네스 R."**이 아니라
겸손하기 그지없이 "잭"이라고 서명했어.

* 원문인 'Father Christmas'는 크리스마스를 의인화하여 부르는 영국식 별칭.
** 요하네스는 존 왕의 라틴어 명칭으로 정중한 표현이고, 잭은 존의 별칭이다.

"크래커를 받고 싶어요.
  사탕도 먹고 싶고요.
초콜릿 한 상자도
  좋겠네요.
오렌지도 괜찮고요,
  견과류도 잘 먹어요!
그리고 아주 잘 잘리는
  주머니칼도 **딱** 좋아요.
또, 오! 산타클로스, 나를 조금이라도 사랑하신다면,
커다랗고 빨간 고무공을 주세요!"

존 왕은 착한 사람이 아니었어.
이렇게 글을 써서 붙이고
굴뚝을 타고
다시 방으로 내려왔어.
그리고 밤새 침대에 누워
희망과 두려움에 시달렸어.
"지금 오고 계실 거야."
(불안한 마음에 이마에 땀이 맺혔어.)
"그래도 선물 하나는 가져오시겠지.
몇 년 만에 처음 받는 선물을."

"크래커는 안 주셔도 돼요.
사탕도 필요 없어요.
상자에 든 초콜릿도
별로예요.
나는 오렌지를 싫어해요.
견과류도 먹고 싶지 않아요.
그리고 그럭저럭 잘 잘리는
주머니칼은 **이미** 갖고 있어요.
하지만 오! 산타클로스, 나를 조금이라도 사랑하신다면,

커다랗고 빨간 고무공은 주세요!"

존 왕은 착한 사람이 아니었어.
다음날 아침
해님이 솟아올라 온 세상에
크리스마스의 시작을 알리자
사람들은 크리스마스 양말을
신이 나서 열었어.
크래커와 장난감과 놀이기구가 나왔어.
다들 입술이 사탕으로 끈적거렸지.
존 왕은 침울하게 말했어. "걱정했던 대로
이번에도 난 아무것도 못 받았군!"

"크래커를 정말 받고 싶었는데.
  사탕도 정말 원했고.
초콜릿 한 상자도
  괜찮았을 거야.
오렌지도 많이 좋아하고,
  견과류도 무척 좋아해.
그리고 잘 잘리는
  주머니칼은 한 개도 없어.
또, 오, 산타클로스가 조금이라도 나를 사랑했더라면
  커다랗고 빨간 고무공은 주셨겠지!"

존 왕은 창가에 서서
  눈살을 찌푸린 채
저 아래 눈밭에서 뛰어노는
  행복한 소년들과 소녀들을 바라보았어.
그렇게 서서 지켜보며
  그들 모두를 부러워하고 있을 때……
창문으로 커다랗고 빨간 게
그의 고귀한 머리로 휙 날아들어
튀어 올랐다가 침대 위로 떨어졌어.

고무공이었어!

오, 산타클로스,

당신에게 나의 축복을 내립니다.

제게

커다랗고 빨간

고무공을

주셨으니까요!

바빠

나는 머핀 장수일 거예요. 그런데 딸랑 종이 없어요.
머핀 장수들이 파는 머핀 같은 것도 없고요.

아마 나는 우편집배원인가 봐요. 아니, 전차인 것 같아요.
기분이 조금 이상해요. 내가 무엇인지 모르겠어요.

그렇지만

빙빙
또 *빙빙*
또 *빙빙*
식탁 둘레를 돌아요—
놀이방에 있는 식탁 둘레를요—

빙빙

또 *빙빙*

또 *빙빙* 돌아요.

내 생각에 난 곰한테서 달아나는 여행자 같아요.

나는 코끼리인 것 같아요.

또 다른 코끼리 뒤에 있는 코끼리요.

진짜로 있지는 않은 *또 다*른 코끼리 뒤에 있는 코끼리요.

그래서

빙빙

또 *빙빙*

또 *빙빙* 또 *빙빙*

또 *빙빙*

또 *빙빙*

돌아요.

나는 표를 파는 표 장수 같아요.

나는 재채기 씨를 찾아가는 의사인가 봐요.

어쩌면 난 그냥 유모차를 밀고 가는 유모인지도 몰라요.

기분이 조금 이상해요. 내가 무엇인지 모르겠어요.

그렇지만

빙빙

또 *빙빙*

또 *빙빙*

식탁 둘레를 돌아요—

놀이방에 있는 식탁 둘레를요—

빙빙

또 *빙빙*

또 *빙빙* 돌아요.

아무래도 나는 강아지예요. 그래서 혀를 내밀고 있죠.

나는 낙타 같아요.

낙타를 찾고 있는 낙타요.

자기 새끼를 찾고 있는 낙타를 찾고 있는 낙타요……

그래서

빙빙

또 *빙빙*

또 *빙빙* 또 *빙빙*

또 *빙빙*

또 *빙빙*

돌아요.

재채기

크리스토퍼 로빈이
쌕쌕, 숨을 몰아쉬고
에취, 재채기를 했어.
사람들은 크리스토퍼를
침대에
꽁꽁 싸매서 눕히고,
코감기에 좋은 것들과
콧물감기에 좋은 것들을
주었어.
사람들은 걱정했어.
쌕쌕 코감기가
끙끙 홍역으로
바뀔까 봐.
재채기가
볼거리로
변할까 봐.

사람들은 로빈의 가슴에
두드러기가 있는지,
몸에
붓거나 뭉친 곳은 없는지 진찰했어.
재채기와
숨쉬기의
전문의들에게 가서
어떻게 해야 병이 낫는지도
물었어.

별의별 전공의
유명한 의사들이
한달음에
달려왔지.

그러고는 다들
로빈의 목 상태를 기록했어.
목이 마른지,
쌕쌕 *다음에*
에취가 왔는지
아니면 에취가 먼저였는지도.
그리고 이렇게 말했지.
"만약 장난을 친다면
재채기든
쌕쌕이든
홍역이 되기 쉬워.
하지만 잘 웃고 즐거우면
쌕쌕이든
재채기든
홍역은 멀리 사라질 거란다."
의사들은 재채기와
쌕쌕이의 원인을
자세히 설명했고
홍역이 처음에
어떻게 나타나는지도 잘 알려 주었어.

"만약 아이가
찬 공기와 찬 바람과 바깥바람을 맞으면
폐병까지 갈 수도 있어요."

크리스토퍼 로빈이
다음 날 아침 일어났을 때,
재채기는 감쪽같이 사라졌어.
아이의 눈빛은
하늘을 보며 말하는 것 같았지.
"자, 오늘은 어떻게 사람들을 즐겁게 해 줄까?"

빙커

빙커는, 내가 부르는 이름인데, 나만의 비밀 친구예요.
빙커가 있어서 나는 전혀 외롭지 않아요.
놀이방에서 놀 때도, 계단에 앉아 있을 때도,
이리저리 분주할 때도, 빙커가 같이 있거든요.

오, 아빠는 똑똑해요. 머리가 좋은 분이세요.
엄마는 이 세상에서 제일 좋고요,
유모는 유모인데, 나는 이모라고 부르죠.
하지만 그들은

빙커를

못 봐요.

빙커는 항상 재잘대요. 내가 말하기를 가르치고 있거든요.
가끔은 꽥꽥 이상한 소리로 말하는 걸 좋아하고,
또 가끔은 우우 울부짖는 소리로 말하고 싶어해서……
그런 소리는 내가 대신 내요. 빙커가 목이 따끔거려서요.

오, 아빠는 똑똑해요. 머리가 좋은 분이세요.
엄마는 남들이 아는 건 뭐든지 다 아시고요,
유모는 유모인데, 나는 이모라고 부르죠.

하지만 그들은

빙커를

몰라요.

빙커는 공원을 달릴 때 사자처럼 용감해요.
어둠 속에 누워 있을 때는 호랑이처럼 용맹해요.
빙커는 코끼리처럼 용감하죠. 절대로, 절대로 울지 않아……
딱 (다른 사람들처럼) 눈에 비누가 들어갔을 때만 빼고요.

오, 아빠는 아빠예요. 아빠 같은 남자야.

엄마는 다른 엄마들 같은 엄마고요,

유모는 유모인데, 나는 이모라고 부르죠.

하지만 그들은

빙커랑

달라요.

빙커는 욕심쟁이가 아니지만, 먹는 걸 아주 좋아해요.
그래서 누가 간식을 주면 난 이렇게 말해야 해요.
"오, 빙커도 초콜릿 먹고 싶대요. 두 개 주실 수 있나요?"
그러고 내가 대신 먹어줘요. 빙커는 이제 막 새로 이가 났거든요.

음, 난 아빠가 정말 좋지만, 나랑 놀아줄 시간이 없으시죠.
나는 엄마도 정말 좋지만, 가끔씩 집에 안 계시고,
유모에게는 머리를 빗겨 주려고 할 때 종종 심술을 부렸고……

하지만 빙커는 언제나 빙커고, 늘 내 옆에 있어요.

버찌 씨

땜장이, 양복장이,

병정, 뱃사람

부자, 빈자,

농부, 도둑

목동은 어때?

경찰관, 교도관,

기관사,

아니면, 해적 선장은?

우편집배원은 어때? 아니면 동물원 관리인은?

사람들을 입장시키는 서커스맨은?

회전 곡예와 그네 타기의 관람료를 받는 사람은?

아니면, 다른 사람이 노래할 때 반주해 주는 오르간 연주자는?

주머니에서 토끼가 나오는 마술사는 어떨까?

하루 종일 로켓만 만드는 로켓 과학자는?

아, 정말이지 하고 싶은 일도, 되고 싶은 것도 많아!

내 작은 벚나무에는

항상 버찌들이 많아!

갑옷이 삐걱거리지 않는 기사

애플도어의 모든 기사들 중에
토머스 톰 경이 가장 현명했다.
곱셈을 4단까지 할 줄 알았고
어떤 수에서 9를 빼야
11이 되는지도 알았다. 다른 기사에게
편지도 쓸 줄 알았다.

토머스 톰 경만큼 유능한 기사는
이 땅 어디에도 없었다.
윤이 나도록 검을 닦는 법을
알았을 뿐 아니라,

갑옷이 삐걱거리기 시작할 때
기사가 어떻게 해야 하는지도 잘 알았다.

그가 싸움에 자주 나서지 않는 것은
  난타전이나 육탄전 같은 것들이
무서워서가 아니다.
  자신처럼 섬세한 뇌가
너무 잦은 부상에 시달리는 건
부당하다고 여겨서였다.

그의 성(톰 성)은
  위치가 좋은 언덕 위에 있었다.
그는 비가 오지 않는 날은 매일같이
  성벽을 서성거리며

헤엄을 칠 줄 모르는 어린 기사가
해자 앞까지 와서 도전장을 내밀기를 기다렸다.

또 가끔은 투지로 가득 차서
급히 평원으로 달려나가 곳곳을 샅샅이 뒤졌고,
그러다가 다가오는 기사를 발견하면
다급히 성으로 돌아가서
숨었다가, 적이 지나가면 승리의 나팔을 우렁차게 불었다.

하루는 선량한 토머스 톰 경이
　가까운 도랑에서 쉬고 있는데
또 소리가 들려 도망쳐 숨었다.
　물론 전에도 늘 도망쳤던
그 소리이긴 한데,
어쩐지 덜 시끄러운 듯…… 아니, 더 시끄러운가?

달려가는 말발굽 소리, 요란한 나팔 소리,
　바람을 가르는 검의 소리, 삐걱거리는 갑옷 소리,
이런 소리들, 특히 갑옷 소리가
　일주일 내내 귓전에서 삐거덕거렸다.

같은 소리인가? 아닌가?

뭔가 다른데. 뭐지?

토머스 경은 귀를 쫑긋 세우고
  휴 경이 지나가는 동안 귀를 기울였다.

그리고 문득, 이 이방인이
  주변의 다른 기사들보다
더 멋진 소리를 내는 까닭이
들린 듯했다(안 들린 듯도 했다).
토머스 경은 그가 멀어지는 길을 지켜보았다.
  분노가 치밀어 말도 나오지 않았다.
수년간 켄트 사람들은 자신을 이렇게 불렀다.
  갑옷이 삐걱거리지 않는 기사!

그런데 지금 이곳, 그의 눈앞에서
빼걱거리는 소리가 없는 또 한 명의 기사가 지나갔다.

토머스 경은 말을 매둔 곳으로 달려가서
박차를 가해 말을 몰았다.
그가 적에게 느끼는 유일한 두려움은
"그자의 검이 날카롭겠지?"도 아니고
"그자의 마음은 강인하겠지?"도 아니었다.
바로 "그자가 너무 멀리 간 건 아니겠지?"였다.

휴 경이 손을 엉덩이에 얹고 노래하고 있을 때
갑자기 뭔가가 따라오더니
한창 노래하던 그를
불이 번쩍하도록 후려쳤다.

‘천둥번개인가! 그렇군!’ 그는 생각했다.
그리고 천천히 말에서 굴러 떨어졌다.

그러자 선량한 토머스 톰 경이
  친절한 얼굴로 말에서 내리며 말했다.
“그 무거운 갑옷에서
  당신을 빼내어 드리겠습니다.
이런 순간에는 최고로 용맹한 기사라도
갑옷이 너무 꽉 조인다고 느낄 테니까요.”

용맹한 휴 경이 패배한 현장에서
  백 미터 남짓 앞쪽에서
토머스 경은 쓸 만한 연못을 발견했다.
  그래서 발이 젖지 않도록 조심조심,

물가까지 갑옷을 들고 가서

연못에 빠뜨리고…… 가라앉는 모습을 지켜보았다.

그 뒤로, 나날이 더욱

켄트의 사람들은 자랑스레 말하곤 했다.

애플도어의 토머스 톰은

"갑옷이 삐걱거리지 않는 기사"라고.

반면에 패배한 기사 휴는

다른 기사들과 다름없이 삐걱거렸다.

버터컵 필 무렵

앤이 어디 있지?

　　머리가 버터컵* 위로 삐죽했다가

　시냇가를 거닐다가

　　버터컵 사이로 쏙 들어갔네.

　앤이 어디 있지?

　남자친구와 함께 걸으며

　꿈에 잠겨 있네.

　　버터컵 사이에 잠겨 있네.

* buttercup(미나리아재비)의 모양이 연상되도록 하려고 한글로 옮기지 않았다.

저 귀여운 갈색 머리에 무엇이 들었을까?
말로 표현할 수 없을 정도로 멋진 생각들이지.
꼭 쥔 저 귀여운 주먹에는 무엇이 들었을까?
엄지손가락인데, 크리스토퍼의 엄지손가락 같아.

앤이 어디 있지?
남자친구 옆에 있지.
갈색 머리, 금색 머리가
버터컵 위로 오르락내리락.

숯꾼

숯꾼은 이야깃거리가 많아.

숲속에 살거든.

숲속에 혼자.

숲속에 앉아 있어.

숲속에 홀로.

해님이 나무들 사이로 비스듬히 비치면

토끼들이 올라와서 아침 인사를 건네.

토끼들이 올라와서 인사해. "아름다운 아침이야……."

달님이 키가 큰 까만 나무들 위에서 그네처럼 흔들리면

부엉이가 낮게 날며 밤 인사를 건네.

조용히 날며 잘 자라고 인사해…….

그러면 숯꾼은 앉아서 떠올리지.

자신과 숲, 둘만 아는 것들을.

오는 봄과 가는 여름에 대해,

고사리와 히스꽃에 내려앉은 가을 이슬에 대해,

눈꽃이 핀 겨울 숲의 설경에 대해…….

둘이 보았던 모든 것들과

둘이 들었던 모든 것들에 대해.

4월의 맑은 하늘과 새의 노랫소리에 대해…….

오, 숯꾼은 이야깃거리가 많아!

그는 숲속에 살고, 우리를 잘 알고 있지.

우리 둘이

내가 어디에 있든, 항상 푸가 있어.

푸와 나는 언제나 함께야.

내가 무얼 하든, 푸도 하고 싶어 해.

"오늘은 어디 가?" 푸가 물어.

"음, 참 이상하네. 나도 거기에 가거든.

같이 가자." 푸가 이렇게 말한다니까.

"같이 가자." 푸가 이렇게 말해.

"11의 두 배는 뭐야?" 내가 푸에게 말했어.

("무슨 두 배?" 푸가 나에게 말했어.)

"*내 생각에* 22일 것 같아."

"딱 내 생각과 같네." 푸가 말했어.

"계산하기 쉽지 않았어.

하지만 그게 맞을 거야."

푸가 이렇게 말했다니까.

"그게 맞아." 푸가 이렇게 말했어.

"용을 찾아보자." 내가 푸에게 말했어.

"그래, 그러자." 푸가 나에게 말했어.

우리는 강을 건너서 용을 몇 마리 발견했지.

"그래, 저건 모두 용들이야." 푸가 말했어.

"주둥이를 보자마자 딱 알겠네.

저게 용들 맞아." 푸가 이렇게 말했다니까.

"저게 용들이야." 푸가 이렇게 말했어.

"용들을 겁주자." 내가 푸에게 말했어.

"좋아." 푸가 나에게 말했어.

"*나는* 겁나지 않아." 내가 푸에게 말했어.

그러고는 푸의 앞발을 잡고 외쳤어.

"훠이! 바보 같은 용들아!" 그러자 용들이 날아가 버렸어.

"난 겁나지 않았어." 푸가 이렇게 말했다니까.

"너와 함께 있으면 *전혀* 겁나지 않아."

그렇게 내가 어디에 있든, 항상 푸가 있어.

푸와 나는 언제나 함께야.

"내가 뭘 하겠어?

너와 함께가 아니라면 말이야." 내가 푸에게 말했어.

그러자 푸가 말했지. "맞아.

혼자면 별로 재미없지만, 둘이 함께면

꼭 붙어 있을 수 있지." 푸는 이렇게 말한다니까.

"원래 그런 거야." 푸가 이렇게 말해.

늙은 뱃사람

옛날에 할아버지가 늙은 뱃사람을 알았대.

그 사람은 하고 싶은 일이 무척 많았는데,

지금 시작해야겠다고 생각할 때마다

주변 상황 때문에 못 했다는 거야.

배가 난파되어 어떤 섬에서 몇 주일 동안 살았을 때야.

뱃사람은 모자가 있었으면 했고

반바지도 원했지.

또 그물이나, 낚싯줄과 낚싯바늘도 가지고 싶었대.

거북이나 책에서 본 것들을 잡으려고 말이야.

계속 생각하다가, 한 가지가 떠올랐어.

(물이 필요하니까) 샘이 필요하다는 거 말이야.

또 생각하다가, 대화 상대가 필요하니까

(찾을 수만 있다면) 염소나 닭이나 양을 길렀으면 했대.

그랬는데, 날씨가 좋지 않으니까 오두막이 필요해졌지.

(들어가고 나가야 하니까) 열고 닫는 문이 있어야겠지.

(근처에 뱀이 있을지 모르니까 저절로 꽉 닫히는 문이어야 해.)

미개인들이 못 들어오게 하려면 문은 아주 튼튼해야 해.

뱃사람은 낚싯바늘을 만들기 시작했어. 그런데 만들려니까 햇볕에 눈이 부셔서 할 수가 없는 거야.
그래서 무엇부터 해야 하는지 깨달았지.
해를 가릴 만큼 챙이 넓은 모자를 찾든지 만들어야 해.

나뭇잎을 몇 장 모아서 모자를 만들기 시작했어.
그러다가 생각했지. "햇볕 때문에 너무 더워.
게다가 입이 바싹바싹 마르는데 목을 축일 게 없잖아.
그러니 샘을 찾아야겠어. 그걸 *제일 먼저* 해야겠군."

그러고서 샘을 찾으려는데 "오, 이런, 오, 맙소사!
내일이면 나는 여기서 혼자야!"
그래서 공책에 몇 글자 적었어.
'*우선 닭을 몇 마리 찾자.*'

그러다 다시 적었지.

‘아니, 염소부터 찾자.’

뱃사람은 곧바로 염소를 발견했어(생김새를 보고 알았대). 그때 생각났지. “그런데 탈출하려면 배가 필요해. 배를 띄우려면 닻이 필요하고, 그럼 실과 바늘도 필요해. 그렇다면 앉아서 바늘을 만드는 편이 더 낫겠군.”

그가 바늘을 만들기 시작했는데, 또 다른 생각이 들었대.
이 섬에 미개인들이 숨어 있다면
오두막이 있어야 안심할 수 있어.
이대로라면 미개인들이 코앞에 불쑥 나타날 수도 있잖아!

그래서 뱃사람은 오두막을 생각하다가…… 배를 생각하다가,

모자랑, 반바지랑, 닭과 염소랑,

낚싯바늘(배가 고프니까)과 샘물(목이 마르니까)이랑……

도무지 뭐부터 해야 할지 결정할 수가 없었어.

그래서 결국 아무것도 안 했대.

그냥 조약돌에 솔을 덮고 그 위에 누워 일광욕을 했대.

나는 그의 행동이 끔찍한 것 같아.

아무것도 하지 않고 일광욕만 하면서 구조되길 바라다니!

엔지니어

비 오라지!

알 게 뭐야?

위층에

기차가 있는데,

내가 브레이크를

끈 같은 걸로

만들어서

달아놔서

홱

당기면 돼.

봄에

기차가 추락하는데

끈을 당겨서
바퀴들을
순식간에 세웠지.
마치 끈이 아니라
브레이크로
세운 것 같았어…….

난 바로 그런 걸 만들어.
하루 종일 비가 내리는 날에
훌륭한 브레이크인데
아직 작동해 보진 않았어.

여정의 끝

크리스토퍼, 크리스토퍼, 어디 가니,

크리스토퍼 로빈?

"그냥 언덕 꼭대기에 가요.

언덕을 오르고 또 오르면

바로 언덕 꼭대기가 나와요."

크리스토퍼 로빈이 말했어요.

크리스토퍼, 크리스토퍼, 왜 가니,

크리스토퍼 로빈?

거긴 구경거리가 아무것도 없는데,

꼭대기에 올라간 다음엔 뭘 할 건데?

"그냥 다시 밑으로 내려와요."

크리스토퍼 로빈이 말했어요.

털북숭이 곰

내가 곰이라면
　그것도 아주 큰 곰이라면,
얼음이 얼든 눈이 내리든
　별로 신경 쓰지 않을 거야.
눈이 내리든 꽁꽁 얼든
　별로 상관없어.
저 곰처럼 온통 털로 만든
　외투를 입고 있을 테지!

털 부츠를 신고 갈색 털 숄을 두르고
갈색 털 내복을 입고 커다란 털모자를 썼을 테니까.
털 목도리와 털 옷깃에 턱을 묻고,
커다란 갈색 발에는 갈색 털 엄지장갑을 꼈을 거야.
머리는 커다란 갈색 털에 덮인 채로
커다란 털 침대에서 겨우내 잠을 자겠지.

용서

내가 작은 딱정벌레를 찾았는데, 이름이 딱정벌레야.

내가 '알렉산더'라고 부르면, 딱정벌레는 대답해줘.

내가 딱정벌레를 성냥갑에 넣어서 하루 종일 같이 있었는데…….

그런데 유모가 내 딱정벌레를 풀어준 거야.

맞아. 유모가 내 딱정벌레를 풀어줬어.

유모가 가서 내 딱정벌레를 풀어주니까

딱정벌레가 도망쳐 버렸어.

유모는 일부러 그런 게 아니래. 난 그렇다고 말한 적 없어.
유모는 성냥이 필요해서 뚜껑을 연 것뿐이랬어.
유모는 미안하다고 했지만, 다시 잡기가 어렵잖아.
성냥으로 착각해서 풀어준 신이 난 딱정벌레를 말이야.

유모는 미안하다고 했지만, 나는 정말로 괜찮아.
우리가 찾을 수 있는 딱정벌레야 많고도 많으니까
정원에서 딱정벌레가 숨어 있는 구멍을 찾아보자고 했어.
그래서 우리는 다른 성냥갑을 가져와서 뚜껑에 '**딱정벌레**'라고 적었지.

그리고 딱정벌레가 있을 만한 곳을 전부 가봤어.
딱정벌레가 좋아할 만한 소리도 냈지.
그러다가 내가 뭔가 보여서 소리치다시피 말했어.
“딱정벌레 집이야. ‘알렉산더 딱정벌레’가 나오고 있어!”

정말로 ‘알렉산더 딱정벌레’였어.
알렉산더도 마치 나일 줄 알았다는 표정이었어.

그리고 이렇게 말해야겠다는 듯한 표정을 짓더군.
“도망쳤던 거 정말로, 정말로 미안해.”

유모도 그렇게 했던 걸 아주 미안해하면서
성냥갑 뚜껑에 새까만 색으로 ‘**알렉산더**’라고 쓰고 있어.
그래서 이모와 나는 친구야. 잡기가 어려웠거든.
성냥으로 착각해서 풀어준 신이 난 딱정벌레를 말이야.

황제의 시

페루의 왕은
(황제이기도 한 그는)
알아두면 쓸모 있는
시 비슷한 걸 외우고 다녔어.

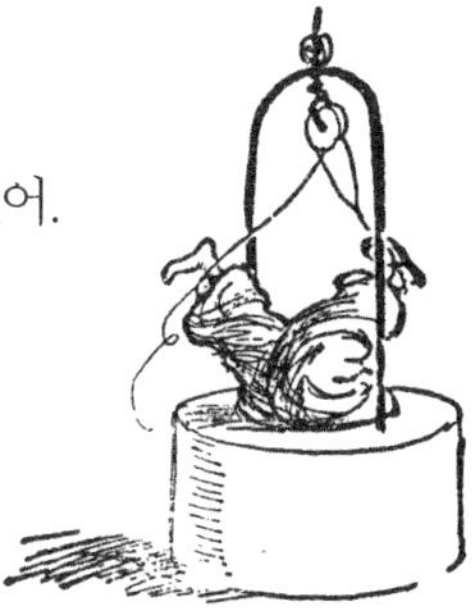

낯선 사람을 만나
수줍을 때나,
시계가 고장났는데
누군가 시간을 물어볼 때,
혹은 넘어져서
(실수로) 우물에 빠진다거나

스케이트를 타다가 고꾸라져서
모자를 깔고 앉았다거나
아니면 아침 식사가 준비되었다고
아무도 말해주지 않아서

아침밥이 다 식었다거나
뭐, 그런 때들이 있잖아.
오, 언제든 황제는
노여워지거나
심통이 나거나 우울할 때,
중얼중얼, 중얼중얼 했어.
그러면 안정이 되었지.
그 특이한 시는 이거야.

'팔팔은 육십사
칠을 곱하고
여기까지 했으면
하나를 올리고
십일을 빼라.
구구는 팔십일
삼을 곱하고
더 많으면
넷을 올리고
그러고 나면 차를 마실 시간이다.'

언제든지 왕비가
갑옷을 닦겠다고 가져가서
  전분을 써야 한다는 걸
  깜박 잊어버릴 때,
또는 왕의 생일에(5월이야)
끔찍하게도
  11월처럼 비가 오거나
  3월처럼 바람이 불 때,
아니면, 현자들과 위인들과 함께
위엄 있게 앉아
    서명하려는 찰나에
    갑자기 딸꾹질이 나온다든가
왕비가 기침을 할 때,
펜을 주우려고
    몸을 숙였는데
    왕관까지 굴러 떨어질 때,
오, 황제는
노여워지거나
곤란하고 창피할 때
소곤소곤, 소곤소곤 했어.

그러면 기분이 산뜻해졌지.

그 별난 시는 이거야.

'팔팔은 팔십일
칠을 곱하고
더 많으면,
넷을 올리고
십일을 빼라.
구구는 육십사
삼을 곱하고
여기까지 한 다음
하나를 올리고
그러고 나면
차를 마실 시간이다.'

갑옷을 입은 기사

나는 빛나는 기사일 때마다
갑옷의 버클을 꽉 채워.
그리고 두리번두리번하면서
용의 은신처에서 탈출한 사람,
구조하는 사람, 구출된 사람,
거기 모든 용들과 맞서 싸우는 사람들을 찾아다녀.
그리고 가끔 우리의 싸움이 시작되면,
나는 용들이 이기도록 둘 것 같아…….
그런데 또 어쩌면 안 그럴 것 같고.
왜냐하면 그들은 용이고, 난 싸우지 않을 테니까.

같이 나가서 놀래

강 위에도 해가 반짝, 언덕 위에도 해가 반짝……
가만히 서 있으면 바다 소리가 들려!
교차길 농장에 새끼 강아지 여덟 마리가 태어났어.
그리고 팔이 하나뿐인 늙은 뱃사람도 봤어!

하지만 모두가 말해. "저리 가!"
(저리 가, 저리 가!)
모든 사람이 말해. "저리 가! 난 바빠."
모두가 말해. "저리 가거라.
귀여운 꼬마야!"
내가 귀여운 꼬마라면, 왜 나랑 놀아주지 않아?

강 위에도 바람이 솔솔, 언덕 위에도 바람이 솔솔……
방앗간 아래 움직이지 않는 검은 물레방아가 있어!
방금 파리가 물에 빠져 죽었어.
그리고 난 토끼가 땅속으로 들어가는 구멍을 알아!

하지만 모두가 말해. "저리 가!"

(저리 가, 저리 가!)

모든 사람이 말해. "알았다, 얘야." 그렇지만 날 알아보지도 못해.

모두가 말해. "저리 가거라.

귀여운 꼬마야!"

내가 귀여운 꼬마라면, 왜 내게 놀러오지 않아?

연못가에서

나는 낚시를 하고 있어요.

쉿, 조용, 아무도 가까이 오지 말아요!

물고기가 들을 수도 있다는 걸 모르겠어요?

물고기는 내가 끈 놀이를 하는 줄 안다고요.

내가 조금 이상하게 생겼다고만 생각해요.

내가 물고기를 잡고 있는 줄은 몰라요.

내가 물고기를 잡으려는 줄은 모른다고요.

내가 하고 있는 게 바로

낚시인데요.

아뇨, 아니에요. 나는 도롱뇽을 잡고 있어요.

기침하지 마세요. 아무도 다가오지 말아요!

조그만 소리라도 나면 도롱뇽이 겁을 먹어요.

도롱뇽은 내가 덤불이나 처음 보는 나무인 줄 알아요.

사람은 아는데, 그게 나인 줄은 몰라요.

내가 도롱뇽을 잡고 있는 건 몰라요.

내가 도롱뇽을 잡으려는 건 모른다고요.

내가 하고 있는 게 바로

도롱뇽 잡이지요.

작고 까만 암탉

베리먼과 백스터와
　프리티보이와 펜과
늙은 농부 미들턴은
　다섯 명의 건장한 남자들이죠.
이 다섯 명이 모두
　작고 까만 암탉을 쫓아다니고 있어요.

암탉은 날쌔게 달리고
　남자들은 재빨리 달려요.
백스터가 일 등이고
　베리먼이 꼴찌예요.

나는 늙은 자두나무 옆에
앉아 지켜보았어요.
암탉은 꽥꽥거리며 울타리 덤불을
넘어와 나에게 왔어요.

작고 까만 암탉이 말했어요.
"오, 너구나!"
내가 말했어요.
"응. 안녕?

그런데 작고 까만 암탉아,
  궁금한 게 있는데,
저 다섯 명의 큰 남자들이
  왜 너를 쫓아다니니?"

작고 까만 암탉이
  내게 말했어요.
"나한테
  차와 함께 먹을 달걀을 낳아달라고 했거든.
저들이 황제였대도,
  저들이 왕이었대도,
저들에게 뭘 낳아 주기엔
  나는 너무 바빠."

"나는 왕이 아니고
  왕관도 쓰지 않았지만,
나는 나무에 올라가고
  뒹굴기도 해.
한쪽 눈만 감을 수도 있고,
  열까지 셀 수 있어.

그러니 작고 까만 암탉아,
　나한테 달걀 한 개만 낳아 줘."

작고 까만 암탉이 말했어요.
　"너는 무엇을 줄래?
내가 너에게
　부활절 달걀을 한 개 낳아주면 말이야."

"너에게 '부탁해'하고
　'반가워'를 줄게.
너에게 동물원에 사는
　곰을 보여줄 거야.
내 다리에서 쐐기풀에
　쏘인 자국을 보여줄게.

네가 나에게 엄청나게 큰
부활절 달걀을 낳아 준다면 말이야.”

작고 까만 암탉이 말했어요.
“그런 건 관심 없어.
‘반가워’나
커다란 갈색 곰 같은 건.
하지만 너에게 예쁜
부활절 달걀을 낳아 줄게.
네 다리에서 쐐기풀에
쏘인 자국을 보여 주면 말이야.”

나는 암탉에게 쐐기풀에
쏘인 자국을 보여 주었어요.
암탉은 한쪽 검은 날개를 들어
그 자국을 조심스레 어루만졌어요.
“열까지 세면
쐐기풀은 아프지 않아.
그럼 이제 달걀을 만들어야지.”
작고 까만 암탉이 말했어요.

내가 부활절 아침에
  잠에서 깨면
나의 달걀이 있을 거예요.
  암탉이 낳아 준다고 약속했거든요.
내가 황제였대도
  내가 왕이었대도
이보다 더 멋진 일들이
  가득할 순 없을 거예요.

베리먼과 백스터와

　프리티보이와 펜과

늙은 농부 미들턴은

　다섯 명의 건장한 남자들이죠.

이들 모두 차를 마실 때 곁들일

　달걀을 원해요.

하지만 작고 까만 암탉은 너무 바빠요.

작고 까만 암탉은 *너무* 바빠요.

작고 까만 암탉은 **너무** 바쁘다니까요.

　나에게 줄 달걀을 낳고 있거든요.

친구

많디 많은 사람들이 항상 질문을 퍼부어.

날짜도 묻고, 무게도 묻고, 재밌는 왕의 이름들도 물어.

그럼 답은 6펜스 아니면 100인치야.

틀린 답을 말하면 날 멍청하다고 생각하겠지.

그래서 나는 푸하고 속닥거려. 그러면 푸는 정말 밝은 얼굴로

이렇게 말해. "글쎄, 난 6펜스라고 대답하지만, 맞는지는 몰라."

그러면 정답이 무엇인지는 상관없어.

푸가 맞으면 내가 맞은 거고, 푸가 틀려도 나는 틀리지 않았으니까.

착한 어린이

걸핏하면 나한테 이렇게들 묻는 게 재밌어요.
"제인, 말썽 부리지 않고 *착하게* 굴었지?"
"말썽 부리지 않고 *착하게* 굴었지?"
이런 말을 할 때는, 꼭 두 번씩 묻는다고요.
"제인, 말썽 부리지 않고 *착하게* 굴었지?"
"말썽 부리지 않고 *착하게* 굴었지?"

나는 파티에 가고, 차를 마시러 가고,
바닷가 이모네 집에 일주일 동안 놀러가요.
학교에도 가고, 친구들이랑 놀이도 해요.
내가 어디를 다녀오든, 늘 똑같은 말을 들어요.
"왔니? "
"말썽 부리지 않고 *착하게* 굴었지, 제인?"

KEEP OFF
GRASS

더없이 근사한 하루를 보낸 뒤에는 어김없이

"말썽 부리지 않고 *착하게* 굴었지?"

"말썽 부리지 않고 *착하게* 굴었지?"

동물원에 갔을 때도, 기다렸다는 듯이

"말썽 부리지 않고 *착하게* 굴었지?"

"말썽 부리지 않고 *착하게* 굴었지?"

아니, 도대체 내가 거길 왜 갔다고 생각할까요?

내가 왜 동물원에서 나쁜 짓을 하고 싶어 하죠?

그리고 만약 내가 나쁜 짓을 했다면 그 말을 하겠어요?

그러니까 엄마랑 아빠가 재밌다는 거예요.

내가 나쁜 짓을 할까봐 이렇게 묻고 또 묻는 거 말이에요.

"응?

말썽 부리지 않고 *착하게* 굴었지?"

생각

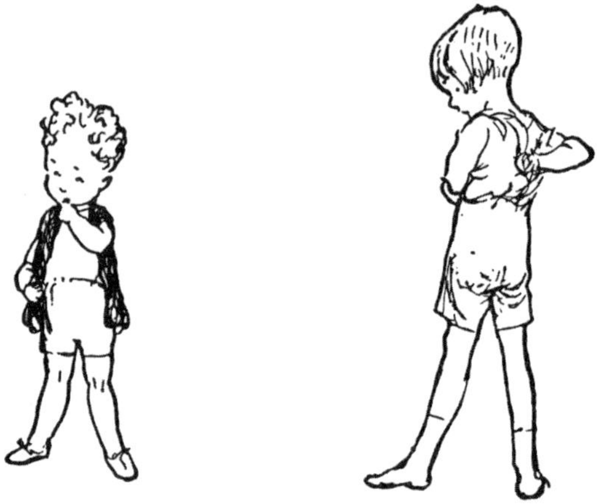

만약 내가 존이고 존이 나라면,

걘 여섯 살이고 난 세 살이야.

만약 존이 나고 내가 존이라면,

난 이런 바지는 입지 않아.

힐러리 왕과 걸인

선하고 위대한 힐러리에 대해
크리스마스에 사람들이 이야기해.
내 생각에는
좀 미화된 이야기 같지만
누구나 그 이야기로
노래를 부르잖아
그러니까 나도 최선을 다해볼게.
아무래도 내가 가장 잘 알고 있으니까.

선한 왕 힐러리가
자신의 대법관
(오만한 대법관 윌러비 경)에게 말했다.
"쪽문으로 뛰어가게.
어서, 어서,
쪽문으로 뛰어가서
누가 문을 두드리는지 알아보게.
배를 타고 바다를 건너온
아라비아의 부자일지도 모르네.

나에게 공작과
에메랄드와 상아를 바치려는 게지.
객고에 시달리고 지친
가난한 이일지도 모르네.
내 양말에 오렌지를
  넣으려고 찾아온 게지."

오만한 대법관
윌러비 경은
  호탕한 웃음을 하하하 터뜨렸다.
"폐하가 왕위에 즉위하시던 해부터
줄곧 폐하를 섬겼습니다만,
신은 종종 걸었을 뿐, 한 번도 뛴 적이 없습니다.
  절대로, 단 한 번도 말이지요."

선한 왕 힐러리가
자신의 대법관
(오만한 대법관 윌러비 경)에게 말했다.
“쪽문으로 걸어가게.
어서, 어서,
쪽문으로 걸어가서
  누가 문을 두드리는지 알아보게.
매부리코에 턱수염을 기른
선장인지도 모르네.
나에게 금가루와
향신료와 백단향 오일을 바치려는 게지.

속 편히 휘파람을 부는
비천한 부엌데기인지도 모르네.
내 양말에 자두절임을 넣어 주려고
  찾아온 게지.”

오만한 대법관
윌러비 경이
호탕한 웃음을 하하하 터뜨렸다.
"신이 네 살 때부터 궁에서 일했사오며,
많은 세월을 더 궁에서 일할 것이로되,
신은 창문은 열어 보았어도, 문을 연 적은 없었습니다.
절대로, 단 한 번도 말이지요."

선한 왕 힐러리가
자신의 대법관
(오만한 대법관 윌러비 경)에게 말했다.
"창문을 열게나.
어서, 어서,
창문을 열어서
누가 문을 두드리고 있는지 알아보게나.

빨간 볼에 보조개가 팬
시녀인지도 모르네.
주인마님의 심부름으로
안부를 전하러 온 게지.

발을 동동 구르며 속닥거리는
아이들인지도 모르네.
내 양말에 개암나무 열매를
  넣으려고 찾아온 게지."

오만한 대법관
윌러비 경은
  호탕한 웃음을 하하하 터뜨렸다.
"신은 죽는 날까지 대법관으로서
폐하를 섬길 것이오나, 창 너머를
엿보는 염탐꾼이 되지는 않을 것입니다.
  절대로, 무슨 일이 있어도 말입니다."

선한 왕 힐러리는
자신의 대법관
(오만한 대법관 윌러비 경)을 바라보았다.

그는 거만한 대법관에게
아무 말도 하지 않고
쪽문으로 뛰어가
　누가 문을 두드리는지 보았다.
아라비아에서 물건을 싣고 온
부자도 없었고,
햇볕에 그을린 파란 눈의
선장도 없었고,
마님의 심부름을 받고 온
시녀도 없었다.
빨간 양말을 한 짝만 신은
　걸인뿐이었다.

선한 왕 힐러리는
걸인을 쳐다보고
　크게 웃으며 만세 삼창을 세 번 외쳤다.
힐러리 왕은 그 걸인을 돌려세웠다.
"그대는 체격이 건장하고 팔은 강인하군.
가서 대법관을 내쫓아 버리고
　그 자리를 차지하게."

선하고 위대한 힐러리에 대해
노부인들은 크리스마스 때가 되면
이 이야기를 들려주고, 어쨌든 이 이야기에는
 두 가지 교훈이 있다.
첫째, *"운이 그대를 어디로 이끌든*
행동하기를 두려워하지 말라."
(물론, 특히 왕을 위해서)
 또 이렇게 말하는 것도 같다.
(명언까지는 아니지만) *"두 다리에*
빨간 양말을 한 짝만 신고 구걸하는 자는
언젠가 반드시 대법관이 된다."

그네 타기 노래

그네를 타고 올라가요.
  높이 높이 올라가요.
나는 들판의 왕이고
  동네의 왕이예요.
나는 땅의 왕이고
  하늘의 왕이지요.
그네를 타고 올라가요……
  그리고 다시 내려와요.

설명

엘리자베스 앤이
유모에게 물었어요.
"하나님은 처음에 어떻게 생겨났나요?
누군가는 그분을 만드셨을 거 아니에요.
그게 누굴까요? 궁금해요."
그러자 유모가 말했어요. "*글쎄다!*"
앤도 말했어요. "글쎄라고요?
유모는 알잖아요. 말해 주세요."
유모가 입에 물었던 핀을 빼며 말했어요.
"자 이제, 아가, 잘 시간이야."

엘리자베스 앤에게는
멋진 계획이 있었어요.
하나님이 어떻게 생겨났는지 *정확히* 아는 사람을 만날 때
까지
전 세계를 뛰어다니는 거였어요.

엘리자베스 앤은 일찍 일어나서, 옷을 입고,
지위가 높은 사람을 찾으려고 뛰었어요.
엘리자베스 앤은 런던으로 달려가서
두들럼 각하의 사두마차 문을 두드렸죠.
"장관님, 알려 주세요.(누구든 안에 계시다면)
하나님은 도대체 어떻게 생겨났나요?"

두들럼 각하는 침대에 누워 있었어요.
하지만 창밖으로 커다랗고
붉은 얼굴이 나왔어요.
바로 마부 각하였지요.
마부 각하는 웃음을 터뜨리며
말했어요.

"아니, *어쩌다* 그 작고 기발한 머리로 그런 생각을 하게 되었니?"

엘리자베스 앤은 집으로 돌아가서
오토만 의자에서 제니퍼 제인을 꺼냈어요.
"하나님이 어떻게 생겨났는지 *당장* 말해."
수다장이가 아닌 제니퍼 제인은
평소처럼 삐거덕거리며 대답했어요.

"무슨 뜻이지? 음, 솔직히 말하면
나는 몰라. 하지만 엘리자베스 앤은 알던데."
엘리자베스 앤이 나직이 말했어요.
"오! 고마워, 제니퍼, 이제 알겠어."

구구단

숲속에 곰돌이가 두 마리 살았어요.

하나는 나쁘고, 다른 하나는 착했어요.

착한 곰은 구구단 1단을 배웠고요—

나쁜 곰은 단추를 하나도 채우지 않았어요.

곰돌이들은 날씨가 더울 때는 나무 안에서 살았어요.

하나는 착했지만, 다른 하나는 아니었죠.

착한 곰은 구구단 2단을 배웠고요—

나쁜 곰의 이것저것들은 다 닳아 해졌어요.

곰돌이들은 날씨가 추울 때는 동굴 안에서 살았어요.
시키는 일만 했고, 스스로는 하지 않았죠.
착한 곰은 구구단 3단을 배웠고요—
나쁜 곰은 자기 손수건도 챙기지 않았어요.

곰돌이들은 숲속에서 늙고 상냥한 고모와 함께 살았어요.
하나는 "*네, 고모!*"라고 말했고, 다른 하나는 "*싫어!*"라고 말했죠.
착한 곰은 구구단 4단을 배웠고요—
나쁜 곰의 속바지는 구멍이 나서 너덜너덜했어요.

그러다 갑자기(우리처럼)

하나는 착해지고 다른 하나는 어벙해졌죠.

착한 곰은 구구단 3단이 헷갈렸고요—

나쁜 곰은 *손수건으로 입을 가리고* 기침했어요.

착한 곰은 구구단 2단이 헷갈렸어요—

나쁜 곰의 이것저것들은 새것 같았죠.

착한 곰은 구구단 1단이 헷갈렸어요—

나쁜 곰은 단추를 *끝까지* 다 채웠어요.

여기에는 교훈이 있을 거예요. 아니라는 사람도 있지만.
난 교훈이 있다고 생각하는데, 그게 뭔지 모르겠어요.
하나가 더 나아지면, 다른 하나는 어벙해져요.
곰돌이 두 마리는 우리와 똑같아요.
크리스토퍼는 구구단 10단까지 기억하지만……
나는 펜을 어디에 뒀는지 자꾸 까먹어요.*

* 그래서 이 시를 연필로 써야 했죠.

아침 산책

앤과 내가 산책을 나갈 때
우리는 서로 손을 잡고 이야기해요.
앤과 내가 마흔두 살이 되었을 때
하고 싶은 온갖 일들에 대해서.

그리고 우리가 그런 생각을 할 때,

그러니까 굴렁쇠를 굴리거나 자전거를 타거나

앤의 풍선 위로 엎어지거나 하는

그런 생각을 할 때는 오후이지요.

자장가

오 티모시 팀에겐
열 개의 분홍 발가락이 있고요.
열 개의 분홍 발가락에겐
티모시 팀이 있지요.
발가락은 팀과 함께 가요.
팀이 가는 곳마다
팀이 가는 곳마다
발가락도 함께 가지요.

오 티모시 팀에겐
두 개의 파란 눈이 있고요.
두 개의 파란 눈에겐
티모시 팀이 있지요.
두 눈은 팀과 함께 울지요.
팀이 울 때마다
팀이 울 때마다
두 눈도 함께 울지요.

오 티모시 팀에겐
한 개의 빨강머리가 있고요.
한 개의 빨강머리에겐
티모시 팀이 있지요.
빨강머리는 팀과 함께 자요.
티모시의 침대에서
새근새근 잠드는 빨강머리
티모시 팀이랍니다.

창가에서 기다리기

내 빗물 두 방울이
유리창 위에서 기다리는 중이에요.

나는 누가 이길지 보려고
여기서 이렇게 기다려요.

두 빗방울은 이름도 있어요.
존과 제임스예요.

일등과 꼴등이
누가 앞서느냐에 따라 정해져요.

제임스가 방금 흐르기 시작했어요.
나는 얘가 졌으면 했는데.

존은 아직도 출발하지 않네요.
나는 얘가 이겼으면 좋겠어요.

제임스가 천천히 내려가요.
나뭇가지 같은 게 존한테 떨어져요.

존이 드디어 움직여요.
제임스는 꽤 날쌔게 가요.

존이 쏜살같이 창을 흘러 내려가요.
제임스는 다시 느려졌어요.

제임스가 얼룩 같은 걸 만났어요.
존이 점점 더 가까이 다가가네요.

최대한 빨리 가고 있는 걸까요?
(제임스는 솜털 조각을 마주쳤어요.)

존이 서둘러 잽싸게 지나가요.
(제임스는 파리와 이야기하고 있어요.)

존이 도착했어요. 존이 이겼어요!
봐! 내가 말했잖아! 태양이 들어 있어!

핑클 퍼

타투는 핑클 퍼의 엄마야.
핑클 퍼는 작고 검은데, 발도 없고 털도 없고.
핑클 퍼가 이윽고 눈을 떴을 때
엄마인 큰 타투가 보였어.
그가 배운 건 모두 엄마가 가르쳐 준 것들이야.
"엄마에게 여쭤볼게요." 핑클 퍼는 말하지.

타투는 핑클 퍼의 엄마야.
핑클 퍼는 털이 비단결 같은 웃긴 아기 고양이고.
작고 까만 핑클은 자라고 또 자라서
큰 타투만큼 커졌고
엄마랑 같이 했던 행동들을 똑같이 따라했지.
"두 친구가 함께." 핑클 퍼는 말하지.

타투는 핑클 퍼의 엄마야.
핑클 퍼는 털외투를 입은 모험심 강한 고양이고.
핑클은 해야 할 일을 생각할 때마다
타투를 별로 신경 쓰지 않았어.
타투와는 상관없는 일이라는 걸 알고 있거든.
그래서 "나중에 봐요"라고 핑클 퍼는 말하지.

타투는 핑클 퍼의 엄마야.
털이 석탄처럼 까만 거대한 표범이야.
갓 눈을 뜬 갈색의 작은 아기 고양이가
이제는 커다란 타투와 놀이를 하고 있어.
그리고 핑클은 나른하게 타투를 내려다보지.
"사랑하는 엄마." 핑클 퍼가 말하지.

언덕 위에 부는 바람

아무도 나에게 말해 줄 수 없고
  아무도 몰라요.
바람은 어디서 불어와서
  어디로 가 버리는지.

바람은 어디선가 날아와
있는 힘껏 달아나 버려요.
나는 따라갈 수 없어요.
내가 달린다 해도요.

하지만 쥐고 있던
연줄을 놓아 버리면
연은 바람을 따라
온종일 밤새도록 날아갈 거예요.

그러다가 그 연을 찾게 되면
연이 어디로 날아갔든
나는 알아요. 바람도
그곳까지 함께 갔다는 걸.

그러니까 나는 알 수 있어요.
바람이 어디로 가는지.
하지만 바람이 어디서 오는지는
아무도 몰라요.

깜박하고

놀이방의 제왕들이
　줄지어 기다리네요.
높은 벤치 위에 다섯
　그 아래 넷.
큰 왕들, 작은 왕들,
　갈색 곰들, 검은 곰들,
존이 돌아오길
　모두모두 기다려요.

누군가 존이라는 아이가
  숲에서 길을 잃었다고 생각해요.
누구는 그 아이가 그럴 리 없다고,
  누구는 그럴 수도 있다고 말해요.
누구는 존이라는 아이가
  언덕 위에 숨어 버렸다고 생각해요.
누구는 그 아이가 돌아오지 않을 거라 하고,
  누구는 돌아올 거라 해요.

태양이 높이 떠 있을 때,
  존은 떠났죠……
여기 그들은 하루 종일
  기다리고 있어요.
큰 곰들과 작은 곰들,
  흰 왕들과 검은 왕들,
존이 돌아오기를
  모두모두 기다려요.

놀이방의 제왕들이
  언덕을 굽어보네요.
누구는 양 우리를 보았다고 하고,
  누구는 방앗간을 보았대요.
누구는 저 아래
  작은 잿빛 지붕들이 보였대요……
태양이 기울면서
  그림자도 점점 길어졌대요.

초승달이 뜨면
  포플러 나무 사이로 금빛이 반짝여요.
보름달이 솟아오르면
  은빛이 별 길을 올라가고
초승달이 기울면
  은빛이 별 길을 내려가요……
그리고 하나씩, 하나씩,
  회색 들판이 잠들었죠.

놀이방의 제왕들은
  조용히 지켜보고 있어요……
양 우리에서는
  양들이 바스락거려요.
어린 새가 지저귀고
  머리를 감추어요.
갑자기 약한 바람이
  살랑 스치고 가요.

서서히, 서서히
  새 하루가 밝아 와요……
존이라는 아이는 어떻게 된 걸까요?
  아무도 모르겠죠.
누구는 존이라는 아이가
  언덕 위에서 길을 잃었다 생각해요.
누구는 그 아이가 돌아오지 않을 거라 하고,
  누구는 돌아올 거라 해요.

존이라는 아이는 어떻게 된 걸까요?
아이는 전혀 보이지 않았어요.
그 아이는 줄넘기 놀이를 했고요.
공놀이도 했어요.
또 나비를 따라 뛰어다녔어요.
파란 나비, 빨간 나비를 따라서요.
아이는 재미난 놀이를 백 개도 더 한 다음
잠자리에 들었답니다.

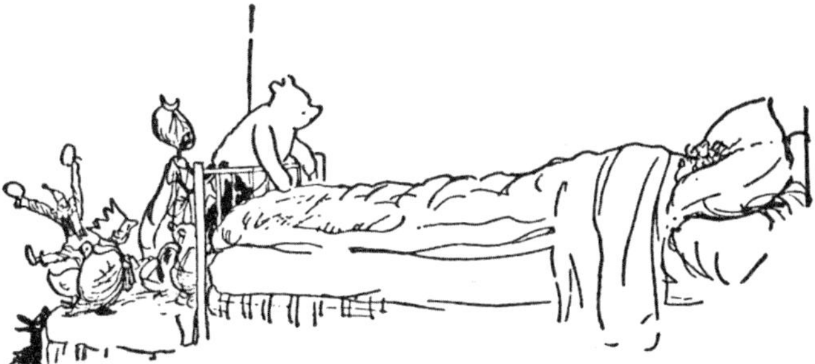

어둠 속에서

나는 저녁을 먹었어요.

저녁을 *먹었고요*.

저녁을 **다** 먹었어요.

나는 이야기를 들었어요.

신데렐라 이야기요.

신데렐라가 어떻게 무도회에 가게 되었는지도요.

나는 이를 닦았고

저녁 기도를 올렸어요.

이도 잘 닦고 기도도 제대로 해냈어요.

그리고 모두가 와서
나에게 여러 번 입을 맞췄어요.
모두가 "잘 자라"라고 말했어요.

그렇게— 여기 나 홀로 어둠 속에 있어요.
여긴 아무도 볼 사람이 없어요.
나는 혼자 생각하고
혼자서 놀고
나 혼자 뭐라고 말하는지 아무도 몰라요.
여기 나 홀로 어둠 속에 있어요.
어떻게 될까요?
뭐든지 생각하고 싶은 대로 생각할 수 있지요.
뭐든지 놀고 싶은 대로 놀 수 있지요.
뭐든지 웃고 싶은 대로 웃을 수 있지요.
여긴 나 말고는 아무도 없어요.

나는 토끼와 얘기해요……
나는 해님과 얘기해요……

나는 백 살 같기도 하고—

한 살 같기도 해요.

나는 숲속에 누워 있고……

동굴에 누워 있어요……

나는 용하고 이야기해요……

나는 용맹한 용사예요.

나의 왼쪽으로도 누워 보고……

나의 오른쪽으로도 누워 봐요……

내일은 많이 놀래요.

……

내일은 생각도 많이 할래요.

……

　내일은……

　　많이……

　　　웃을래요…….

　　(후우!)

　　　안녕히 주무세요.

끝

한 살에

나는 갓 시작이었어.

두 살에도

나는 거의 신생아였어.

세 살에야

나는 간신히 내가 됐어.

네 살에

나는 별 볼 일 없었어.

다섯 살에

나는 그냥 살아갔지.

하지만 나는 이제 여섯 살이고, 똑똑할 만큼 똑똑해.

그래서 이제 난 영원히 영원히 여섯 살로 살아갈 것 같아.

1882년　앨런 알렉산더 밀른은 영국 런던에서 태어났다.

1890년~ 어렸을 때, H. G. 웰즈에게 가르침을 받아 큰 영향을 받았다. 공립학교 웨스트민스터 및 케임브리지대학교 트리니티칼리지에서 교육을 받았다.

1903년　케임브리지대학교 트리니티칼리지를 졸업했다.

1906년　학생 시절부터 학내 잡지에 시나 수필을 투고했으며, 대학 시절 영국의 유머 잡지《펀치》에 투고해, 편집 조수가 되었고 이후 작가로 독립하였다. 후에《펀치》지 편집부의 일원이 되어, 해학적인 시와 기발한 평론들을 썼다.

1913년　도로시 다펀 드 셀린코트와 결혼했다.

1919년　제1차 세계대전 후에는 풍자적이고 해학적인 작품을 쓰는 작가로 널리 알려지게 되었으며, 희곡《핌씨 지나가시다》를 집필했다.

1920년　그의 아들인 크리스토퍼 로빈 밀른이 태어났다.

1921년　《블레이즈의 진실》을 집필했다.

1922년　《도버 가도》를 집필했으며,《붉은 저택의 비밀》이라는 소설도 집필했는데 이는 불안감과 긴장감을 살리면서도 유머러스하게 사건이 전개되는 작품으로 그의 유일한 장편 추리소설이다.

1924년　《우리가 아주 어렸을 때》를 출간했다.

1926년　크리스토퍼 로빈의 동물 인형인 곰돌이 푸, 회색 당나귀, 캥거와 아기 루, 아기 돼지 등을 모두 의인화시켜 익살스럽고 유쾌하게 풀어낸 공상 동화인 《곰돌이 푸(Winnie-the-Pooh)》를 출간했다.

1927년 《우린 이제 여섯 살이야》를 출간했다.

1928년 《푸 모퉁이에 있는 집》을 출간했다.

1929년 무대 공연을 위해 아동 명작인 케네스 그레이엄의 《The Wind in the Willows》를 《Toad of Toad Hall》로 각색했고 10년 뒤 자서전《It's Too Late Now》를 집필, 출간했다.

1930년 《마이클과 메리》(1930) 등과 같은 몇 편의 가벼운 희극으로 상당한 성공을 거두었다.

1956년 1월 74세로 세상을 떠났다.

옮긴이 박혜원

심리학을 전공했고, 현재는 전문번역가로 활동 중이다. 《퀸 (40주년 공식 컬렉션)》, 《브라이언 메이 레드 스페셜》, 《곰돌이 푸1 : 위니 더 푸》, 《곰돌이 푸2 : 푸 모퉁이에 있는 집》, 《빨강 머리 앤》, 《에이번리의 앤》, 《레드먼드의 앤》, 《이매지닝 앤》, 《소공녀 세라》, 《엄마 찾아 삼만리》, 《시크릿 가든》 등을 번역했다.

우린 이제 여섯 살이야

1927년 오리지널 초판본 표지디자인

초판 1쇄 펴낸 날 2024년 1월 31일

지 은 이 앨런 알렉산더 밀른
그 린 이 어니스트 하워드 셰퍼드
옮 긴 이 박혜원
펴 낸 이 장영재
펴 낸 곳 (주)미르북컴퍼니
자 회 사 더스토리
전　　화 02)3141-4421
팩　　스 0505-333-4428
등　　록 2012년 3월 16일(제313-2012-81호)
주　　소 서울시 마포구 성미산로32길 12, 2층 (우 03983)
E-mail sanhonjinju@naver.com
카　　페 cafe.naver.com/mirbookcompany

* (주)미르북컴퍼니는 독자 여러분의 의견에 항상 귀 기울이고 있습니다.
* 파본은 책을 구입하신 서점에서 교환해 드립니다.
* 책값은 뒤표지에 있습니다.

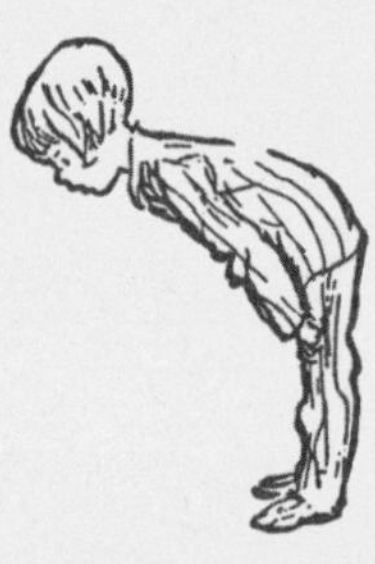